Tacet Books

Sylvio Floreal

10 Melhores Crônicas

Editado por
August Nemo

EDITOR August Nemo

CAPA E PROJETO GRÁFICO Mayra Falcini

NEGÓCIOS E MARKETING Horacio Corral

Dados Internacionais de Catalogação na Publicação (CIP)

Floreal, Sylvio.
F632 10 Melhores Crônicas / Sylvio Floreal – São Paulo, SP: Tacet Books, 2023.
80 p. : 14 x 21 cm

ISBN 978-65-89575-53-5

1. Literatura brasileira. 2. Crônicas. 3. Contos.

CDD 869.4

Tacet Books

Feito em silêncio

Para mentes barulhentas

www.tacetbooks.com

tacet.books@gmail.com

Sumário

Introdução

A trajetória do jornalista Domingos Alexandre, conhecido pelo pseudônimo Sylvio Floreal, é ainda pouco conhecida. Nascido em Santos, filho de imigrantes italianos, trabalhou como pedreiro e funcionário dos Correios antes de se tornar um ativo escritor e jornalista. Iniciou sua carreira na imprensa operária de sua cidade natal e depois se mudou para São Paulo, onde fundou revistas e escreveu para diversos jornais da capital. Faleceu em 1928, na cidade de São Paulo.

Sobre as circunstâncias de sua morte, Affonso Schmidt[1] escreveu :

> "(...) em certa manhã de 1928 - acharam-no morto no quarto em que residia, numa velha casa de cômodos da Rua Senador Feijó. Sua morte foi tão brusca que, quando os amigos souberam, ele já estava no necrotério, e dali foi para a cova, no caixão da Santa Casa. Velaram-lhe o corpo algu-

---

1 Afonso Schmidt (Cubatão, 29 de junho de 1890 — São Paulo, 3 de abril de 1964), também grafado Affonso Schmidt, foi um jornalista, contista, romancista, dramaturgo e ativista anarquista brasileiro.

> mas mulheres sírias, moradoras da mesma casa de cômodos, e que o conheciam, segundo disseram, de o ver entrar e sair pelo escuro corredor ladeado de quartos."[2]

Sylvio Floreal publicou quatro livros ao longo de sua carreira: Attitudes, de 1922; A coragem de amar - O romance da nova raça, de 1924,; Ronda da meia noite - vícios, misérias e esplendores da cidade de São Paulo, em 1925; e O Brasil Trágico - impressões, visões e mistérios de Matto-Grosso, publicado em 1928.

Floreal ganhou o apelido de "literato ambulante". Esse apelido pode ser interpretado de duas maneiras: por um lado, pode-se entender que se tratava de um escritor marginalizado em relação à cena literária nacional da época; por outro lado, pode-se considerá-lo um escritor viajante de fato, que atuou fora das grandes capitais. Essa característica também fica evidente em seu livro O Brasil Trágico (1928), que está repleto de relatos sobre sua experiência como jornalista no Mato Grosso

Sylvio Floreal foi um dos nomes importantes da imprensa paulistana de sua época e suas crônicas retratam a cidade e o país em uma época de profundas transformações sociais e políticas. Este livro, "10

---

2 Publicado originalmente no jornal A Tribuna, 26 de Janeiro de 1939. Edição comemorativa do aniversário da cidade de Santos.

melhores crônicas de Sylvio Floreal", apresenta uma seleção das crônicas mais relevantes de sua obra, oferecendo ao leitor uma visão singular da escrita deste autor singular.

Solilóquio outonal

Para a sensibilidade complicada de Galeão Coutinho, com a minha formidável simpatia.

Nas horas em que medito e reconcentro minhas forças no crisol imaginário de minha alma, sinto uma nostalgia estuante apunhalar-me impiedosamente.

Quedo absorto e silencioso. Perpassa então, leve e fugaz, como uma falena de remota paisagem, a lembrança daqueles momentos que passei, entregue ao mesto dulçor do jardim melancólico.

Outono, esse oleiro imperfectibilizador e insolente, tingia tudo de um amarelo esbatido. Ele é um vampiro que suga toda a clorofila — sangue verde dos vegetais. E as folhas, essas pequeninas filhas das árvores, que toucam e garridecem a hispidez das ramadas, despediam-se dos seus engastes aéreos, e, num rodopio rápido, rolavam por entre os braços da galharia, embaladas pelo sopro leve do vento, enviando ao tronco que lhes dera vida um doloroso adeus e um último suspiro. E iam dormir no túmulo fofo do relvado, entre a gama das suas companheiras que já haviam chegado, antes, à derradeira estância da vida, o somo que precede à transformação, tendo, como inédito e frisante sarcasmo, a própria mãe a servir-lhes de cruz!

Vibrava no ar a última nota cansada de uma cigarra esporádica, como nênia triste à morte das folhas...

Nos dias em que sou acometido de uma intraduzível vontade de fugir à chanfranafra zumbidora dos homens, sinto bruxulearem em mim todas as energias. Vou, então, conjugar a minha mórbida lassidão com o tédio evangélico das árvores do jardim.

Agora, como então, o Outono — D. Juan caprichoso e senil, — espolia as árvores moças e expõe ao martírio crebro das intempéries os seus corpos nus. Cada folha que cai é um atavio de menos; o Outono é o pajem que a natureza manda para despir das árvores a roupagem caduca, e prepará-las para receberem as cambraias verdes e frescas que lhes traz a Primavera.

Só, como um lendário eremita, à sombra das árvores, ouço o suave zanzonar dos galhos que, no alto, se estortegam nervosamente.

Depois, o silêncio se avoluma e imprime em tudo um aspecto solene de mística religiosidade. Freme em todo o meu sistema vital um prurido bisbilhante de saudade, que vem acordar uma volúpia vaga, espiritual. Pairava no ar o adejo sôfrego de um colibri que se roçagava indolentemente por sobre a copa das árvores, ébrio de perfumes. Pássaro divino, gerado do arco-íris, que leva uma vida irreal, dentro da irialidade coruscante dessas cores, sumidiças como as miragens imperceptíveis dos painéis dos dias cintilantes de sol.

A solidão vinha, como uma freira indiscreta, levantar a tampa do escrínio do passado, onde jaziam, encerrados, os últimos resquícios da flor de um sonho que o Destino despetalou, aniquilando no pistilo o gérmen embrionário de um fruto. Alheio a todas as emoções do mundo exterior, comecei a cismar. A cisma transporta-nos ao passado por uma ponte invisível. As comoções vinculam-se em nós, como os sulcos que um artista abre no mármore para exteriorizar a prefulgência impecável de uma linha.

Quanto mais cismava, mais se amplificava a minha visão...

Ecoava em minha alma o ritmo sonoro daquelas palavras dolentes, que condensavam toda a ânsia de um infinito que se não diz com o verbo. Sim, porque a nossa palavra é bastante material e nem sempre traduz o desejo exaltado dos nervos.

As confissões eloquentes, os entusiasmos exacerbados, nascidos das afinidades eletivas, são manifestações sutis a que a alegria põe uma mordaça, fazendo-as exalar somente em suspiros. Há estados de alma tão delicados, tão inconsúteis, que não sobem até a boca para exprimir uma vontade; são como esses aromas misteriosos, engendrados no pólen de certas flores germinadas no remanso das penumbras, onde a custo penetra um tassalho de luz, e que fenecem castas, num piedoso mutismo de tristeza, órfãs dos ósculos lascivos do sol!

As folhas quedavam extáticas, refletindo em suas nervuras as tremulinas carmesins do crepúsculo. Esmaecia tudo num delíquio morno de tintas rarefeitas.

Nimbos esquivos de luz esvoaçaram tenuamente por sobre a frança das árvores, como beijos fugidios. Errava na atmosfera silente um queixume de sápidas essências emolientes, impregnadas de nostalgias lascivas, de ânsias ebrissaltantes, desses desejos que vazam, no labirinto microscópico das fibras, um frêmito suave de êxtase emocional. O sol, ígneo Pan dos bosques siderais, exausto, estirava-se molemente no tálamo incomensurável do infinito, e fileteava de filigranas flavas a fimbria das folhas fanadas.

Vésper, qual odalisca ociosa do harém das alturas, abria a sua arca encantada, onde guarda perfumes afrodisíacos, e saturava o ar de uma sápida volúpia harmonial...

O crepúsculo tem a magia da evocação. Ele atua sobre os nossos sentidos como um falerno esquisito e capitoso, de sabor inédito. Espicaça a saudade, acorda em tropel emoções adormecidas, reaviva as sensações moribundas, insufla-nos ardentemente para a ânsia, para o sonho, para tudo que foge, para tudo que é alífugo...

A imaginação tresvaria entonteada, como a borboleta que, seduzida pela claridade, revoluteia até sucumbir, dizimada pela Vida, que é a luz...

Adejava brandamente o bafio cálido de uma aragem, macio como o colo dos cisnes adolescentes. A haste heráldica dos lírios se curvava, em flexuosidades; e um sacoleio febril revolucionava os rosais.

As pétalas caiam, em voluptuosos coleios, e pintalgavam o chão de uma rósea alcatifa velutínea; outras, fisgavam-se nos espinhos, dilaceravam-se e com o sangue de seus tecidos aljofravam, num pungente batismo de dor, o tronco que lhes dera vida. E sorriam... Sorriam orgulhosas de perecerem em tão carinhoso holocausto. É que elas, cônscias de suas belezas, vaidosamente julgavam que, morrendo assim, morriam como eleitas sem profanar o aticismo fidalgo de sua eurritmia na confusão anônima de suas irmãs, feias e plebeias...

Ainda guardo na memória, nessa urna de reminiscências, a saudade daqueles momentos amenos. Estavas a meu lado. Exumo da retentiva todas aquelas palavras belas ditadas pelo teu pensamento de mulher fina e astuciosa. Tu me falavas de amor, não desse amor trivial, sistemático e árido como uma página de aritmética. Não. Eu te cingia pela cintura, esguia como a das hamadríades dos bosques sombrios e misteriosos de Pafos, e te dizia, no lóbulo coralino, palavras inflamadas, quentes, bramantes.

O amor, quanto é intenso, magnânimo, sublime, reabilita uma existência inteira. Toda a paixão que não tiver em si algo ígneo, estuante, como a cólera bravia que ferve nas entranhas colossais dos vulcões... é insípida , álgida, hiemal. O amor é o cântico dos cânticos, é vertigem louca, extraordinária, que faz o homem ascender aos páramos siderais e acordar novamente, para o noivado da luz, os astros desalentados e frios, embuçados na potencialidade gazearina das nebulosas seculares... E tu quedavas imóvel, olhando as estrelas, como a querer perguntar se elas também não amam...

E caminhavas para mim como a falena para a luz...[3]

---

3 Revista "A Cigarra", 16 de junho de 1919.

Jornada de purificação

Para os humildes e os ilumina-
dos — este poema de ternura.

A beleza que fascina eternamente a alma dos sonhadores é a que jaz embuçada na névoa translúcida do além das miragens.

Dentro do vago, do incerto e do esquivo é que germinam todas as emoções maravilhosas que constituem o noivado perene das almas profundas dos semeadores de esperanças e ritmos.

do casulo quimérico da Distância que sai a falena de uma nova Beleza. A Beleza é uma parábola divina escrita na Bíblia do Infinito.

Assim pensava eu, naquela tarde em que o tédio, achando as portas da minha alma abertas, nela entrou silenciosamente. Mas não era esse tédio banal que sói acometer os inócuos, amalgamado nos baixios de todas as torpezas da vida, não. Era o que se urde nos planos superiores da mesma, oriundo do cansaço excruciante dos lugares comuns, das ideias estranguladas no nascedouro, pela rotina das emoções, enquanto iam a caminho de uma meta. E o meu mundo interior, donde às vezes, para contemplar e sentir o exterior, eu me refugio, decrescia, à carência do perfume vital das seivas inéditas.

Nisto lampejou desse mundo, onde as últimas esperanças jaziam sepultas, a flama de um fogo-fátuo, que iluminou a ressurreição de uma ideia salvadora. Delineei, mestamente, o almo cilício de uma peregrinação.

E num gesto que traduzia um grande desafio aos caminhos virgens, preparei então o meu viático espiritual.

E por entre o silêncio de paisagem, nimbada pelos derradeiros laivos tremulantes do crepúsculo, que, como o sumo emoliente da romã, sobre ela se expandia, emprestando-lhe assim estranha sonoridade diáfana, encetei a jornada gloriosa da Esperança.

Caminhei, caminhei sem encontrar nesse novo caminho de Damasco o brilho benfazejo de um raio redentor.

Ia com o peito cheio desse misterioso encanto que o Infinito tamisa misteriosamente na alma, produzindo um êxtase interior, todo feito de salmos suaves como o eco dulcíssimo de um canto de rouxinol, que subindo da quietude da noite, lentamente fosse morrer entre o silêncio dos astros.

Esta embriaguez psíquica alheava-me tanto das coisas terrenas, que nem mesmo as sensações que atuam sobre a visualidade eu percebia.

A noite fazia a sua descensão do céu, envolvendo tudo no seu pálio consolador, onde há um bálsamo que transfigura, e parecia murmurar à alma de toda a natureza que chorava a orfandade da luz, uma prece ungida de conforto e resignação. Parei. Fitei melancolicamente a estrada que se alongava silente como uma tentação à voragem da minha ânsia.

Um lusco-fusco de renúncia parecia entrar o âmago das coisas.

Abatida e atônita, a Natureza ia como que contrariada receber despoticamente a imobilidade.

A mudez absoluta do ambiente tinha qualquer coisa de pressago.

Condenava-se misteriosamente naquela tristeza, que era um misto de revolta e submissão, um acontecimento inesperado.

Ereta, como um repto à cólera dos elementos se eleva ao meu lado uma árvore matusalém.

Esquadrilhei-a sofregamente, desde o tronco até as ramadas, com uma avidez interrogativa.

Queria que ela rompesse aquela mudez de esfinge vegetal e me narrasse a legenda dolorosa de todos os que por ali esmaram e a quantas gerações de cigarras dera guarida e seiva, a quantos pássaros errantes emprestara para berço os seus galhos, sob o calafrio de quantos raios estremecera e as tragédias de quantas tempestades rolaram por sobre a clemência de sua copa!...

Naquele momento senti a tortura de ser homem. Queria-me diluir, para surpreender o segredo das coisas, transformar-me em átomo e subir aos céus, desfazer-me em água e descer até o silêncio eterno das grutas.

Metamorfosear-me em fogo e acalentar a alma fria das coisas, palpitar no sangue da terra, vibrar dentro de uma flor, na clorofila dos vegetais, e ascender gloriosamente aos astros como um aroma sonoro, sem me lembrar da estância que ficaria neste mundo, onde há poucas almas que são vassalas da Beleza!

E agachando-me para melhor sentir aquilo que não se comunica pela volição da palavra, mas que murmureja suavemente no além de toda a existência, ajoelhei-me ao pé da árvore, enviando um pensamento sublime a todos os que sofreram ontem, sofrem hoje e sofrerão amanhã.

E antes desse momento vago e esquivo da vigília, que forma dentro de nós como que uma ponte invisível, pela qual passamos até a imobilidade do sono, uma inquietação subia lentamente do fundo de tudo o que me rodeava.

E um murmúrio sôfrego de arroubos indistintos vinha até o meu ouvido.

Eram ósculos que espoucavam na quietude do húmus, anunciando a ressurreição de novas energias, frêmitos de ânsias encarceradas no mistério das seivas, suspiros maviosos de sonhos ignotos, de esperanças sem destino, de belezas sagradas, que esperam vigilantes, lá no fundo da penumbra da terra que uma alma irmã as desencante para glória da eternidade e deslumbramento dos homens. E o meu corpo exausto encontrou sobre aquela alfombra fria o mais tépido dos frouxéis.

Pairou então sobre mim a calma heroica e luminosa de quem dorme sobre todas as renúncias.

O luar punha por sobre o bruno das folhagens, esquivas iluminuras de alumínio que davam a impressão de filigranas de prata nova a fulgirem nas trevas.

O meu espírito naquela solidão desdobrava-se persistentemente.

Sentia em torno de mim como que uma aluvião de vultos confusos, esfumados, a me solicitarem para um colóquio.

Comecei a monologar tão suavemente, que até me parecia estar dialogando com alguém que tivesse comigo uma afinidade profunda.

As palavras vinham de tão longe e traziam a melodia de um som que houvesse noivado com perfume por toda uma eternidade, dentro da corola de um Lotus.

E dominando, com a sua voz rítmica, todo o silêncio, começou a falar como quem dita para o interior de uma urna um poema de fé e esperança:

— Glorifica a luz com a tua luz, aprisiona o mundo no teu mundo, oferece a tua esperança aos que não têm esperança. Sê dadivoso com os que sofrem, revela um destino aos que não têm destino.

Fala da eternidade aos seres que, não se lembrando do passado, se esquecem do dia de hoje e temem o dia de amanhã.

Desperta a alma nas almas: acorda a Beleza!...

Os seres privilegiados são os expoentes de si mesmos, são avatares que descem à terra com um sorriso celestial nos lábios, para aqui deixarem impressos, nas paisagens do mundo, não a sua sombra, mas um deslumbramento nas consciências, uma esperança nos corações e um eterno ritmo de Beleza nas almas...

Passar pela terra como Ariel e revelar aos homens, numa linguagem de ofertório, o ritual maravilhoso das Belezas que estão encantadas no arcano das suas próprias almas, é contribuir com um pouco de óleo espiritual para alentar a lâmpada que ilumina a nave da eternidade. Para que uma beleza se plasme nos corações humanos, é necessário ter estampada no rosto a serenidade que perdoa; nos gestos, a suavidade do veludo e no verbo o perfume que inebria.

Quando uma dúvida te assediar, implora ardentemente a proteção do Infinito, porque é lá que estão, num hostiário maravilhoso, todas as esperanças que hão de vir à terra.

As horas da angústia, aproveita-as a esquadrinhar o teu ser; entra sempre mais nas profundidades do teu próprio coração. Sofre silenciosamente com alegria. A dor te ensinará a criar para o mundo uma nova Beleza.

Nunca fales de dentro das paixões: fala sempre por cima das almas.

Sê, sempre que puderes, um semeador bendito e planta na seara das almas as oliveiras da paz e os loureiros da glória.

Faze de teu entusiasmo uma lira e entra nos corações moribundos, cantando a beleza da vida. Quando vires alguém chorar, dize-lhe que está aprendendo a ser feliz. Toda a lágrima é um prenúncio de redenção. Sobre os sentidos estiolados ela opera a mesma magia que uma gota d'orvalho no cálice emurchecido de um lírio.

Há criaturas na terra que nunca tiveram esperanças e vivem alheias ao próprio coração. Sê mavioso e sutil para com elas. Entra mansamente no sacrário dessas almas inquietas e estabelece lá o silêncio da tua alma; projeta uma onda divina de consolo; sê o farol maravilhoso de todos os que naufragaram intimamente nas caudais de suas dores e andam perdidos na noite da dúvida, a tatear pelo mundo como aves que partiram as asas! A ternura é irmã gêmea da luz: enaltece todas as consciências, reabilita todos os corações e transfigura todas as almas. Nunca prometas aquilo que não tens. Promete somente o que está em todos os corações — a Felicidade.

A felicidade ninguém a deve esperar, porque ela está dentro de nós mesmos.

Ensina a ser feliz, porque só assim terás revelado aos homens o duplo senso da vida.

A todos os que vivem asperamente, na mais completa ausência de conforto espiritual, ministra-lhes a tua candura, comunica-lhes a fé do teu verbo, dá-lhes o calor do teu fogo. És bom e desprendido, perfuma as almas com a tua bondade.

Lapida a tua alma para que a possas engastar, pura e diáfana, na alma dos homens. Faze-te apóstolo-ourives, São Paulo e Leonardo da Vinci, e com a fé do primeiro, vincula o amor nos corações; com a serenidade olímpica do segundo, plasma a Beleza nas almas.

Não faças monopólio das qualidades que os poderes ocultos te deram, porque quanto mais as difundires, mais elas se renovarão dentro de ti.

A tua missão é doar, doar sempre, como as manhãs doam o rosicler às árvores e às flores, o sol doa a sua luz às montanhas e aos vales e o céu doa a sua espiritualidade a este mundo e aos mundos!

Põe sempre naquilo que disseres a força do teu entusiasmo e a essência da tua sinceridade. Sê como o profeta São João, e batiza com a água sagrada do rio da tua esperança todas as criaturas que pelo mundo vagueiam sem rumo. Sempre que encontrares em teu caminho criaturas aflitas, às que falte esse elo que as apegue à vida que é a Esperança — traço da união entre a terra e o céu — para! Ilumina-as interiormente, porque junto a ti terás nesse momento a sombra fulgurante de Alguém que estabelece o equilíbrio da Verdade e da Harmonia no Universo.

E fala então do Amor, desse cântico maravilhoso da Bíblia da Vida.

O Amor, síntese do céu, perfume do mistério, é a única força divina que opera tal prodígio de transfiguração, que a própria vida se torna tão leve, a ponto de fazer o Homem se esquecer de que anda sobre a terra. Só o amor consegue dar um brilho novo às almas; tudo se purifica debaixo do seu halo, feito da luz de todas as Belezas.

Quando tudo falece e se desmorona, a única energia indestrutível que fica, capaz de tudo refazer novamente, é o Amor, partícula da Eternidade, verbo que anuncia todos os princípios, ânsia dos infinitos, que transmigra pelo infinito das almas.

E a voz, como que encantada daquilo que dissera, antes de se despedir, abençoou-me silenciosamente e disse: — Eu venho do além de toda a Luz, onde o Amor noiva com a Eternidade; os que na terra se ungirem de mim, recebem para todo o sempre o batismo inefável do céu.

Sou a mensageira de Avatar, peregrina que traz ao Mundo a lâmpada que ilumina as almas. Oh viajor! Prossegue na tua jornada de purificação. Sou a Beleza, a tua parábola divina escrita na Bíblia do Infinito.[4]

---

4 Revista Panóplia, dezembro de 1918.

Os Caboclos

Valdomiro Silveira[5], nome suficientemente conhecido no mundo das letras, rompendo com longos anos de modéstia, acaba de publicar, editado pela casa editora Monteiro Lobato & Cia., um livro medularmente brasileiro e genuinamente paulista.

Falar de Valdomiro Silveira é tarefa que requer um longo e apurado estudo, tanto da sua personalidade moral como intelectual.

É advogado e nesse mister nunca deu margem a que se lhe apontasse o mais leve deslize que depusesse contra a sua robusta honestidade.

Valdomiro, como todos o chamamos na intimidade, é um desses homens dotados desse fluido interior, que irradia espontaneamente sobre todas as pessoas que dele se acercam.

Apesar dos seus múltiplos e vastos conhecimentos, nunca tomou uma atitude insolente de mestre para transmitir a outrem aquilo que adquiriu com longos e longos anos de estudo num contínuo holocausto, cirandando livros e mais livros pelo crivo do

5 Valdomiro Silveira é um autor do catálogo da editora Tacet Books em "7 Melhores Contos de Valdomiro Silveira" e em "7 Melhores Contos – Regionalismo".

seu cérebro, que lhe proporcionaram, num trabalho lento de assimilação, um cabedal de cultura máscula.

Não se tem notícia que tenha algum dia ostentado o mais tênue vislumbre de cabotinismo!

É um sereno na vida, apesar da profissão, e a sua arte é também um prolongamento dessa mesma serenidade.

Visto através de qualquer prisma é sempre o mesmo homem, inteiriço no caráter e perfeito no intelecto.

É um retraído por convicção e não por timidez.

Vive a máxima de Taine: "espalha a tua obra e esconde a tua personalidade".

E assim fez.

O seu livro "Os Caboclos" é um atestado eloquente não só do quanto ele é intelectual, mas também do quanto é brasileiro.

É, como disse um outro grande escritor e irmão, Agenor Silveira —"Valdomiro Silveira com a só publicação de "Os Caboclos", vai ensinar muita coisa do Brasil aos brasileiros de agora".

Nesse livro ninguém como ele soube focalizar aspectos da vida dos caboclos do nosso hinterland paulista.

E fez mais: tratou da vida dos caboclos, sem ódio e rancor.

Descreveu-lhe a vida em toda a sua rusticidade e a alma em todos os seus anseios, na sua esplêndida e brutal realidade, sem ridicularizá-los e diminuí-los naquilo que são!

Fez obra flagrante de verdade, além de profundamente humana!

Os seus personagens, quando falam, falam como pensam e nunca falam como pensa o escritor que, para ser fiel, soube integralizar nesse meio com a ótica da sua observação límpida e apta para fotografar com precisão única todas as cenas que observou e que alfim estereotipou, de acordo com a terra, o meio e o homem.

E não se diga que Valdomiro fez simplesmente obra visual; não.

Porque ele não só viu os caboclos, mas chegou até mesmo a senti-los, se tal pode afirmar, dentro do halo da sua visão.

É, enfim, um livro uno, coeso e completo, tanto pelo esmerilhado da forma, que de uma simplicidade modelar, como pela efabulação e desenrolar do assunto, de uma precisão como não há outro no gênero escrito até hoje no Brasil.

"Os Caboclos" é um livro que fica, no acervo da nossa literatura, à margem, ocupando um lugar de destaque.

E ao lado de Paulo Setúbal, com a "Alma cabocla", e Monteiro Lobato, com os "Urupês", forma Valdomiro da Silveira com "Os Caboclos", marcando uma era de ressurgimento literário e de independência mental do Brasil.[6]

6 Jornal "O Comércio de Campinas", 25 de janeiro de 1921.

Noctambulismo

A noite, que para os nervos da maioria da gente é um clorofórmio, constitui para os meus, um tanto gastos já pela clave das emoções, uma cafeína estonteante, que os elástica de tal modo que até sinto pruridos estranhos em todo o enxadrezamento labiríntico das fibras mais remotas do meu sistema vital.

Tenho pela noite um culto profundamente religioso, tanto assim que às vezes, absorto num autoexame de introspecção, chego a me convencer de que essa idolatria, confirmando um fenômeno de atavismo, seja talvez herdada de um Mago errante ou de uma Pitonisa anônima, que se perderam na penumbra longínqua da noite de minha gênese.

O seu poder edgardpoesco atua sobre mim com todo o despotismo da sua sugestão!

Empolgam-se as suas trágicas criações de funambúlica espectralidade; fascinam-me os serenos idílios obscuros, que sob a sua colcha feita de todos os pecados encontram refúgio e proteção.

A noite é a confidente eleita de todas as almas emocionais; com a mesma solicitude com que sigila um segredo, comete uma dilação!

Os que a buscam por uma refinada estesia, recebem a dádiva do seu ósculo; os que a procuram por um requinte de vícios snobs, recebem a sua vingança e o seu desprezo.

Todos os que tiveram por assistente, na noite em que encetaram o seu Destino, ao lado do seu berço, Apolo, o embaixador dos Deuses na Terra, são seres predestinados que sobre o delubro alvar da rotina ambiente imolam em holocausto às suas sagradas emoções o bezerro estúpido do convencionalismo. Esses buscam a noite contritos, cônscios de que ela lhe guardará impassível, na sua esfingética taciturnidade, todos os segredos aflorados do arcano iluminado das suas almas.

A noite é um poema elegíaco feito de lausperenes dolentes e nênias saudades...

Em sua sombra amiga, erram silenciosos os vultos de todos os que em vida lhe consagraram uma prece fervorosa.

Sabe as agonias das almas que se torturaram para arrancar dos sarçais do sonho uma beleza inédita...

Guarda, com avarícia fanática, a incontinência extática de Santa Tereza, a revolta surda contra o destino de Beethoven, os desfalecimentos dessa alma de miserere que foi a de Chopin, e as mágoas delicadas de Antonio Nobre, o derradeiro cisne da melancolia que nos seus jardins do silêncio labializou o último canto da tristeza...

Noite! Alfobre místico onde desabrocham flores que dos astros são repositórios de aromas, aromas que para os fortes que trilham a senda azul da Quimera são o viático suave, e para os débeis que deslizam pelo meandro do fosco do desalento — a extrema-unção!...

A noite trescala um esquisito e amavioso perfume de mistério, que ressuscita nas almas visionárias ânsias incoercíveis de noctambúlico nomadismo.

Unge interiormente todos os que com ela têm afinidades, de um silêncio tão suave e harmonioso que lembra lascivas carícias de luz, feitas por hieráticos dedos de alabastro, que se houvessem velutinizado em essências de violetas...

Outras vezes, sugere visões de abracadabra que desfilam siflando em magnéticas farândolas de curveteios pelo fundo da retina, como corpos imprecisos de contornos esfumados, deixando-nos nos nervos o ressaibo mole e pungente de frêmitos frufrulejantes de volúpia, e no cérebro a impressão confusa de quem acorda após a leitura de um conto cujos personagens fantasmagóricos rodopiassem musicalmente emburelados em clamídias furta-cores, sobre um tablado imponderável.

Os viajores do Absoluto, os que sentem a atração do infinito, encontram na noite, para o candil das suas esperanças, um óleo milagroso.

É a noite que revela à terra todos os segredos siderais, e é ela também que transmite à alma vidente dos maravilhosos Orfeus do Sono os ritmos de todas as belezas eternas que ondulam nas esferas...[7]

7 "A Cigarra", 30 de abril de 1918.

Minha imagem longínqua...

Hoje, não podendo mais suportar a suave e pungente tortura da saudade, fui, como beneditino que, na penumbra da sua cela, adora fervorosamente o santo escolhido para as suas íntimas devoções, ler, no silêncio do jardim, à sombra daquela mesma árvore que guarda, na esperança das suas folhas, todo o verdor do nosso afeto — a tua última carta.

A tua alma, por certo, sentia o êxtase profundo e emotivo com que o amor — dádiva celestial — inebria, nesses instantes, as almas como a tua.

A tristeza do ambiente que me envolvia, conjugando-se com a ternura da tua carta, evocava-me a tua sonhadora figura. Oh! Tu não podes imaginar quantos suspiros ansiosos subiram ao céu, confundidos com os meus, vindos da alma de todas as coisas que assistiram, serenas, ao desabrochar do nosso idílio! Lá, aonde eu ia, todas as tardes, na comunhão das rosas, do silêncio e das águas, receber a hóstia luminosa do teu beijo, lá ainda perduram a sombra da tua graça, o ritmo dos teus passos, a aura da tua beleza, e todas as coisas, por isso, quando me vêm, comunicam-me ao coração restos da harmonia da tua voz, que guardaram avaramente... E eu, enlevado, ouço o teu nome sonoro proferido pela boca invisível das coisas circunstantes. Ah! Só então me acudiu à memória que duas almas, impelidas por uma força misteriosa, caminham uma para a outra como dois perfumes diferentes que vão noivar numa mesma corola, e que o lugar que assiste a esse ato se diviniza... Ah! Fosse dado ao que ama perpetuar todos os momentos excelsos de su'alma, e eu arrancaria, por certo, a tua imagem do meu coração, para, à luz branda de um crepúsculo outonal, que desce como uma eucaristia de púrpura sobre o jardim silente, colocá-la sobre a mais alta das árvores que te ouviram!...

A distância que nos separa mais revigora o nosso afeto.

Nas noites em que nem a imponderabilidade do silêncio consegue penetrar no meu ser, desolado, como um viajor perdido que tentasse decifrar o enigma de uma encruzilhada, interrogo, na expectativa de que de ti me venha uma boa nova, — a estrela que no céu mais brilho expande.

Quando, nas minhas solitudes, penso em ti, ateia-se em meu peito a chama de uma esperança nova. És a minha Ânsia que se fez Mulher, o meu sonho de artista animado e tangível. Esse teu sorriso que Da Vinci imortalizou nos lábios da sua inatingível Gioconda, esse teu olhar que é o mesmo que Rafael furtava à sua Fornarina para as santas, sinto-os, qual mensagem longínqua da tua beleza, pousarem sobre mim nas horas de mesto solilóquio e, como um bálsamo diáfano, acariciarem-me interiormente.

Todos os pensamentos bons, que em meu cérebro se anicham, não são meus: és tu que, transfigurada em prece, mos envias como um ex-voto de candura. Meu triste coração de sonhador, que fechado esteve durante toda uma longa e dolorosa estação invernal, abre-se agora, festivo, para receber a primavera exultante do teu amor.

No fundo escuro das minhas cogitações, passas, branca e suave, como um floco de arminho perdido, adejando numa penumbra, levado pela brisa... Nas horas de angústia, quando a realidade pesada e indistinta, tentando encarcerar-me, levanta, em torno de mim, uma muralha de tédio, a minha alma, de joelhos, implora ardentemente a proteção da tua: quedo, então, estático e deslumbrado, ante a docilidade solícita do teu socorro! E, num amplexo veemente, efusivo, as nossas almas, triunfando sobre os instintos comuns que escravizam a matéria, alam-se, em hosanas de júbilo, para as esferas radiantes, onde a dulia dos anjos, em louvor ao nosso glorioso esponsalício, se transforma num epitalâmio de luz![8]

---

8 Revista "A Cigarra", 16 de abril de 1918.

A força do silêncio

Para o Sr. Alfredo Duprat, com a simpatia que não cabe nesta página.

Assim como uma árvore que, para garridecer a sua copa e revigorar os rebentos fústeis e os gomulos tenros, mergulha com sofreguidão as raízes nas solidões subterrâneas, para sugar do seio pletórico da natureza a seiva que a robustece, fazendo-a vicejar entre a dulia ameníssima dos pássaros e a radiação apoplética da luz, também deve o homem, para abastecer o celeiro dos seus conhecimentos e atletizar as fibras da sua energia, procurar um afago no silêncio, um repouso tranquilo e reparador que o soerga à plácida ascensão da vida. O silêncio atua poderosamente sobre os nossos sentidos, dando-nos um batismo de alegria louçã, de alacridade fagueira, de entusiasmo rejubilante e jucundo que nos incute a força, a coragem, a confiança e o otimismo que nos faz amar a vida com mais ardor, com mais senso estético, com mais volúpia — amar enfim a vida pela vida, como um sacerdote ama a Deus para Deus.

No silêncio o homem apela para as forças que estão em latente vigília no âmago da sua consciência, desce no mundo interior ao microcosmo e põe-se em contato com o que há de mais divino e nobre nele, que é a alma.

O silêncio é uma beldade anódina, estanca todos os desfibramentos, todas as dores íntimas, porque com elas tem afinidades. Possui o hidromel para a ala sã e o antídoto para a alma doente; a convalescença para o combalido e o lenitivo para o vigoroso... Condensa a melancolia e dissipa o tédio e acirra as ilusões. Assiste à elaboração dos nossos fantásticos castelos e aos seus desmoronamentos fragorosos. É testemunho único do baque das nossas esperanças, mas, sempre impassível e bom, convida-nos perenemente a fazermos novos edifícios efêmeros com as pedras da ilusão e a argamassa da esperança. No terreno impreciso e problemático da utopia...

O recesso das cavernas sombrias, onde em silêncio absoluto o porejar perene das águas, arrastando a faina do deslizar constante resíduos calcários, forma com paciência esquisitas torres de estalactites e estalagmites, verdadeiras maravilhas da concriação pedregosa que a mão mágica da natureza habilmente executou nessas oficinas rudimentares — foi decerto o atelier tosco onde o homem primitivo colheu as primeiras noções da arte. Em igual aconchego um arquiteto divorciado da rotina e do afã vertiginoso da vida traça, alinha e conjunta, no recesso de seu gabinete, as torres e as catedrais que extasiam a nossa sensibilidade com essas flores e columelos que sobre o bojo dos torreões das criptas cantam para a amplidão, para a vacuidade azul e silenciosa do espaço, a poesia fulgente da pedra, da cal, do gesso, que como estrofes alcandoradas às reverberações do sol brilham,[52] faíscam na pulverização da luz, entoando hosanas ao gênio, ao esforço, ao trabalho, na mais augusta floração do belo, do grandioso,[53] do magistral!

Se possuíssemos o dom de decifrar as dores, as mágoas, as misérias e as agonias que estão gravadas com a água-forte das lágrimas, nos evangelários do silêncio, assombrar-nos-íamos seguramente; não pelo pavor que nos causariam as cenas sanguinolentas dos que tombaram na guilhotina, nos cadafalsos e nos fossos das fortalezas, mas as trapaças de angústias, de desditas e de sofrimento, — é a miséria de Camões, o pranto amargo de Dante, o exílio doloroso de Tasso e a surdez do taciturno Beethoven, a dor pungente de Galileu e o desespero místico de Baudelaire, que dizia em silêncio: "tem juízo, ó minha dor"; é o furor desordenado daquele que à força de estudar excitou o cérebro até cavar a própria sepultura, o malogrado

Frederico Nietzsche, que fugia dos odientos rumores da sociedade e na sua mesta solitude se confortava dizendo: "o mundo gira em silêncio."

Há momentos de silêncio na nossa vida que marcam etapas de triunfo, assim como há silêncios que cavam sulcos profundos de derrota! Ele é o confidente de todas as ações de nossa vida, precede às mínimas causas humanas e sucede aos grandes fracassos da nossa existência, discreto como uma esfinge...

O silêncio é próprio fim de tudo.

Quando domina o ambiente que circunda o nosso berço, é sereno e afável, vela sobre as nossas cabeças como um Nume excelso, fazendo a guarda do bem e assistindo ao desabrochar lento, mas persistente, dessa esperança que dorme o sono angelical embalada no berço, nessa concavidade oscilante que já nos ministra as grandes e amargas oscilações do mundo. Quando a parca faz a ronda macabra à volta do leito do moribundo, espreitando o momento azado para amputar com a sua negra tesoura o fio da existência fazendo-nos mergulhar no grande e profundo silêncio do pó, na mansão da imobilidade, no porto agasalhador donde nós empreendemos o surto branco que nos faz demandar a diretriz dos astros, o supremo silêncio das esferas é trágico, apavorante, misto de soluços e gemidos que se abismam no insondável silêncio do nada...

O silêncio tem uma voz maviosa e persuasiva, que nos fala, numa linguagem nostálgica e lassa, todos os mistérios das coisas mudas e todos os segredos das coisas incomunicativas. É o mealheiro divino que guarda em seu bojo as medalhas rútilas que, engastadas na fronte do homem, representam a coroa augusta do trabalho que triunfou.

Enfim, é o sepulcro da agitação e o sustentáculo veemente da placidez que gera o raciocínio, da serenidade que fecunda o talento e do descanso que revigora.[9]

---

9 Revista "A Cigarra", 16 de maio de 1918.

A força da ironia

Na arte da palavra escrita, quando se quer arrastar alguém à via pública da amargura ou colocá-lo na berlinda do deboche ou do ridículo, basta apelar para o poder acutilante e corrosivo da ironia.

Para reduzir ao silêncio a mais perfeita mediocridade e a mais completa criatura entalhada no papelão da vaidade, não se conhece outra arma mais adequada, aguda, verrumante e incisiva do que ela.

O escritor que tiver a ventura de possuir o estilete lampejante da ironia, é temido, admirado e odiado ao mesmo tempo. Temido e odiado por todos os míseros que são a personificação do ridículo, da mediocridade e da mais crassa canalhice e que, independentemente da vontade do criador e do resto da humanidade, vivem a diminuir, a amesquinhar, a malbaratar com a sua presença os valores da vida e da beleza do universo.

Sobre o lombo destes desgraçados é que a seta da ironia penetra gostosamente! E é admirado pelos homens de vida limpa que sabem viver com uma certa elegância moral e conduta irreprochável.

Destes, a ironia se desvia como uma esferazinha de borracha e vai bater adiante, onde os medíocres e enfatuados formam a muralha cinzenta do ridículo.

Os que discrepam da boa conduta e, no seio da coletividade, claudicam das normas gerais da existência e dos hábitos comuns, vegetam numa tortura constante e numa inquietação perene, porque sabem que no momento fatal em que defrontarem um esgrimista da ironia, estão perdidos para o resto da existência.

Por isso é que os grandes manejadores dessa arma ocupam, na galeria literária de todos os tempos, um lugar proeminente.

E séculos e séculos de humano ridículo engendram número suficiente de ironistas que vão à margem dos costumes, dos vícios e das virtudes anotando, analisando tudo com a sua pena ferina.

Desgraçado do povo que não contar em seu seio com alguns desses homens! Alguém já disse que os escritores que brandem a ironia são maléficos; mas se eles não existissem veríamos a humanidade reproduzir torpemente o grande dilúvio da era jurássica, com a diferença de que naquela época todos pareceram sob a inundação de enormes volumes de água, e agora morreríamos cristianissimamente sob o dilúvio do ridículo!

A Calúnia

Você já pensou sobre o que é a calúnia? Certamente que já, mormente sendo você um homem batido na rotunda da vida por todos os vendavais...

A potência da calúnia é como a força insidiosa dos tentáculos do polvo: acaricia com ternura a presa, para depois cingi-la entre os viscosos liames e lentamente gozar a volúpia do mal.

A calúnia nasce na sombra e se arremete contra quem quer atassalhar, de um modo vago, indeciso, de forma amorfa, misto de lesma e de infusório; o seu fim capital ferir, mas ferir sem tomar uma atitude, sem dizer quem é, contanto que desmorone, aniquile a sua vítima, que lhe proporciona ensanchas para vergonhosas gargalhadas!

Há criaturas tão ignóbeis na vida, que inventam calúnias com a mesma facilidade e perícia com que Fregoli executava os seus trabalhos de transformismo e prestidigitação.

Fizeram da calúnia uma muleta e vivem escorados nela toda a existência; no dia que lhes faltar essa muleta, rolarão por terra, como um fruto podre, que além de não prestar exala mau cheiro. A calúnia soez é sua razão de ser, o seu fim, o seu princípio e a sua modalidade única.

O caluniador passa pela vida encerrado no aprisco sórdido do seu egoísmo, achando defeitos em toda a gente, falhas em todos os indivíduos, mazelas em todas as criaturas, mesmo nas que são fisicamente e moralmente mais limpas do que ele. Passa pela vida como aquele personagem de Kalidassa, atirando lama às estrelas, sem perceber que essa lama lhe borrifa a própria cara.

A força do número

Se "o homem é a medida de todas as coisas", como disse Protágoras, um povo organizado, e consciente de sua força numérica, representa a medida do seu país, na proporção direta da sua expansão cívica e mental.

Diz a sabedoria das nações que "a união faz força". De fato, se um país não tiver estatisticamente catalogados todos os seus habitantes, a sua existência é menoscabada e ridicularizada pelos outros países, onde a força do número fala eloquentemente, conquistado e levado a cabo por um trabalho paulatino de recenseamento. Na justa das competições, os povos que não tiverem uma estatística rigorosamente exata de sua quantidade sofrerão uma baixa deplorável e um reproche doloroso dos que são fortes e audazes, organizados e compactos.

Os povos não fazem sentir a sua influência somente pela capacidade intelectual; entra também em questão, e influi consideravelmente, a sua força numérica, que serve de pedestal onde se apoia a estátua dos valores conquistados no campo das lutas da inteligência. No cenário das conquistas materiais e morais, os povos, em todos os tempos, desfilaram galhardamente, sempre que as suas forças, obedecendo a uma ordem metódica de unificação, tenham sido congregadas e regimentadas. No campo espiritual, vence a força física equilibrada e racional; na arena material de braço e do peito, vence a força do número, quando bem-intencionado e guiado.

A pujança intelectual no mundo, dá foros de civilização; a potência numérica granjeia, perante a face das nações, prerrogativas de riqueza e alternativas de independência material.

Jamais tomamos a sério a força do número, devido à nossa extensão territorial e facilidade de vida, que faculta, dentro das nossas fronteiras, viverem como bem lhes apraz, às soltas, mourejando e perambulando de Norte a Sul, sem o mínimo interesse pela terra em que vive, sem a mínima afeição pelo país que desfrutam, e alheios, redondamente, a toda e qualquer manifestação de caráter cívico e entusiasmo de nacionalidade. Que os estrangeiros, transitoriantes, que aqui habitam, como escopo único de fazer fortuna, permanecem indiferentes a tudo que os rodeia, é lógico, porque não lhes sobra tempo para outra coisa e nem ouvem outra voz a não ser o tilintar do vil e magnânimo metal! Mas nós, os brasileiros, sobre quem pesa uma responsabilidade de nação e de raça, não devemos permanecer indiferentes e inativos a tudo aquilo que diz respeito à nossa grandeza e à nossa glória.

Exemplifiquemos rapidamente o que acabamos de dizer: o Brasil inicia neste ano um trabalho que há muito devia ter sido feito, que é um recenseamento rigoroso, para positivar, com cifras exatas, qual é, afinal, o número da população do país.

A política rasteira dos últimos tempos tem estrangulado todas as iniciativas proveitosas e todos os empreendimentos de benefício geral. Agora, que vamos ser alvo dos olhares e das atenções de todo o mundo, devido à passagem do primeiro centenário da nossa independência política, é que, parece, levaremos a um termo feliz esse feito de máxima importância.

É necessário que todos os brasileiros coadjuvem e canalizem os seus esforços, para que o recenseamento desta vez seja um fato que satisfaça o nosso orgulho de povo organizado e de país, onde a civilização, medindo, com seu compasso luminoso, o diâmetro colossal dos oito milhões de quilômetros quadrados, diga, às plagas transatlânticas, que nós aqui já não somos uma horda desenfreada e perdida na vastidão inculta e agreste dos pampas e dos descampados tropicais, mas sim um povo que há muito recebeu a graça bendita da cultura.

Façamos o recenseamento para ao lado da nossa grandeza territorial, contrabalançarmos com a potência da cifra. O recenseamento, como está o governo da Federação empenhado em levar ao cabo, prestará ao Brasil o mais extraordinário dos benefícios. Corrigirá uma infinidade de pequenos e grandes abusos cometidos à sombra da nossa bandeira, como sejam: estrangeiros aventureiros, aqui domiciliados, que registram os seus filhos nas suas pátrias, estrangeiros que desconhecem, embora vivendo por muitos anos em nosso país, a nossa língua e nossa história. E, com uma grande felicidade, eles se arvoram em cabos políticos, quando não degeneram em verdadeiros "empreiteiros de fraudes eleitorais"! Tudo isto acontece por que nós, brasileiros, ainda não amamos a nossa pátria o suficiente para sabermos resguardá-la desses males que muito depõem contra a nossa soberania e a nossa moralidade política.

Recensear que dizer nacionalizar, outorgando a cada indivíduo força e direito de cidadão que pertence a um povo congregado, que, por sua vez, forma uma pátria que ombreia ao lado das outras pátrias, sem delas menoscabar e sem por elas ser desrespeitada.

Sejamos grandes, para cabermos sem nos amesquinhar, dentro das nossas vastas fronteiras.

Euclides da Cunha, cérebro pujante, de arrojo esquiliano, que cantou, nas páginas dos Sertões, a vida, a natureza, a terra, o céu, os rios, as montanhas, os segredos da fauna e os mistérios da flora brasílica, tinha profunda razão quando afirmava "que o único inimigo do Brasil é o próprio brasileiro!".

É chegado o momento! Mostremos ao grande brasileiro morto que o seu anátema tem pesado tanto sobre a nossa consciência que nós, envergonhados de sermos inimigos de nós mesmos, vamos agora cogitar de fazer a nossa reabilitação perante a sua memória póstuma. E de posse da dignidade que instigada por ele, vibra na alma brasileira, caminhamos galhardamente para novos horizontes, fascinados pela luz da nova madrugada, que desponta e flameja, marcando uma era maravilhosa de ressurgimento e de energia.

Brasileiros! Se há em vós ainda uma fibra da vetusta vergôntea dos antepassados que desbravaram com a força física as selvas, e conquistaram com a força moral os selvícolas broncos, não permaneceis indiferentes a esse gesto de reabilitação e congraçamento que o governo do Catete, conjuntamente com os outros governos dos Estados da República, querem levar a um fim útil e salutar.

Avante brasileiros! Patenteemos, de uma vez para sempre, perante o mundo, a força do número![10]

---

10 Jornal "A Gazeta", 2 de setembro de 1919.

Palavras amargas

A um literato rico.

A sinceridade é um luxo que só é permitido, como os diademas e a autoridade, às mais elevadas categorias, a quem é permitido dizer as verdades por não terem ninguém acima de si aquém adular ou com quem se conformar. Todo homem isolado é sincero. Quando entra outra pessoa, começa a hipocrisia.

Emerson - Iludido Jayme de Torrealta:

Escrevo-te com palavras amargas, porque elas se prestam melhor a traduzir a sinceridade.

Bem sei que ser sincero é ser grosseiro; mas para romper a espessa atmosfera de ilusões que te envolve e domina, sou forçado, neste momento, a recorrer a tal arma. Doutro modo, não poderia a minha sinceridade atravessar a cortícula da tua encruada vaidade, a fim de te ferir justamente no âmago.

Somente assim, meu inefável, lograrei consumar o meu desideratum, que é o que deve ser sincero. Não estranhes, pois, se as palavras e os conceitos desta carta, inçada do agridoce da ironia e da saburra desagradável do sarcasmo, condimentada de perfídias e cinismos, perturbarem o jardim silencioso da tua alma, onde os pavões mirabolantes da vaidade espalmam o leque furta-cor da sua cauda insolente.

Sim, é necessário que saibas que és uma vítima dos tais pavões a que acabei de aludir...

Do alto estapafúrdio das tuas polainas, e mumificado através da lasca do teu irritante monóculo, que tem o desdém pretensioso de destilar indiferentíssimo sobre o meio ambiente e circulante, grávido de hipocrisias, julgas dominar a vida? Puro e lamentável engano!

Muito provavelmente seja um nome fictício e irônico pela escolha do sobrenome Torrealta.

O acaso, esse pseudônimo de Deus, como disse Gautier, fez de ti um homem rico, e depois agravou a tua situação fazendo-te um homem de letras!

De uns meses a esta parte, a mentalidade paulista, tomada, como foi, da ânsia de assaltar a glória e forçar com o pé-de-cabra da audácia deslavada e manhosa as portas da cidadela da Imortalidade, deu em parturejar um livro caxingó em cada quinze dias. E tu também quiseste, com um gesto castiçamente deselegante, figurar na galeria dos parturientes; com o fórceps do teu dinheiro, os prelos gemeram desesperadoramente, num parto infeliz, e deram à luz do sol da Pauliceia o teu livro, — aborto teratológico concebido na câmara escura do teu heráldico bestunto. Não afrontou o ridículo essa tua mania, mas afrontou a indiferença, que é pior ainda.

A tua silhueta de dândi pretensamente letrado, quando passa por entre os homens, desperta em todos uma galhofa surda, recalcada no fundo da malícia, e que escapa à tua argentaria argúcia. Nessa ocasião, o teu nome é murmurado em surdina, acompanhado de beliscões morais e crivado de farpilhas envoltas em laçarotes de vermelhos adjetivos lanciolantes. Se nesse momento, porém, a tua figura, que carrega uma alma de manequim, enfrenta o grupo, como a querer lamuriar a sede de glória que arde no teu íntimo, não percebes a estupefação que tolhe a voz e os gestos de todos. E passas convicto de que aquele silêncio foi uma manifestação espontânea de admiração. Como a tua ingenuidade é irritante! O insulto velado, amordaçado pelo açaimo do convencionalismo, cantou aos teus nababescos ouvidos como poema de comovidos louvores.

No mundo do bom tom, da galanteria, os teus gestos ritmicamente estudados, e mais a cenografia da indumentária, sugestionam e vencem, com o dinheiro; abres portas que dão para todos os salões do mundanismo; mas, no mundo literário, desprovido como és da chave do talento, não consegues abrir uma portinhola!

Ser um bom rico é mais fácil do que ser um literato. Já pensava assim o teu particular amigo, o conselheiro Acácio.

A tua formidável boa-fé, e a pueril confiança depositada nas dunas movediças dos elogios de falsete, alardeados pelos amigos exageradores, fizeram estraçalhar a tua ótima ingenuidade pela rampa acidentada desse declive enganador, que tem por fundo um fojo trevoso, onde dorme a fauna variegada de todos os ridículos.

Aos teus amigos, num grande desprezo pela tua figura humana, não lhes doeu a alma, ao te arremessarem nesse fojo em cuja borda todos os que passam riem da tua caricata pessoa.

Ninguém se atreve a ter piedade de ti, expondo-te a tua própria situação. Seria isso um insulto ao teu dinheiro. Mas, se fosses um literato pelitrapo, desses que almoçam sem nenhuma lembrança do último jantar, amaldiçoados pela sorte bruxa, não te faltariam críticos conselheiros, amigos guiadores. Tens aquilo que mata nos homens a sinceridade, e por isso não há um que se atreva a dar-te um conselho.

Confiaste em demasia nos outros, porque te faltava o hábito de confiar em ti mesmo!

O teu bem-estar material e o teu excesso de conforto obumbraram-te a ótica da análise.

Vês os homens sem perfídias, julgando que eles também procederão da mesma forma para contigo.

Sinuosa miragem!

Nunca encontraste no teu caminho algum desassombrado que, arcando com o minúsculo fardo do teu desprezo, ousasse ser sincero. Nunca!

A tua conduta admira-me, porque afinal de contas, não és totalmente cretino. O bom senso dos medíocres ainda não se extinguiu em ti.

Grande egoísta, não te bastavam as mil e uma regalias que o dinheiro vem de proporcionar-te pela vida afora?

Não! Quiseste, num gesto manque de cabotinismo, sair da obscuridade burguesa que entenebrecia a tua confusa personalidade. E publicaste o indigesto cartapácio que meia dúzia dos que se dizem teus amigos leu com enfado e de que a maioria não tem sequer noção de tal ignomínia impressa. Publicaste para mostrar que sabes escrever, porém São Paulo está cheio de imbecis que julgam saber escrever. De grafomonos está a Pauliceia repleta: em cada repartição pública há um literato inédito, que para escrever livros que ninguém lê, como o teu, molha a pena no marnel da própria vaidade.

Feliz daquele que, tendo escrito um livro para passar o tempo, por mero diletantismo, esconde, sigilosamente, o fruto das emoções, dos olhos da maioria dos mortais!

Feliz dos que têm notícia da própria mediocridade!

A esses, a ironia chula dos pérfidos não os ferirá.

O teu descrédito no mundo das letras é formidável, embora os incensadores digam o contrário. Não soubeste esconder, como era devido, a tua brilhante mediocridade; por isso pensas absurdamente que és um homem que carrega a glória, quando a verdade, que todos cogitam esconder aos teus olhos, é bem outra. A verdade apunhaladora é que és um homem falho de senso crítico, de acanhado temperamento artístico, cultura vulgar, imbuído de literatice, dessa que alucina os colegiais e os provincianos.

Amigo, medita um pouco sobre a tua jocosa situação, e depois isola-te o mais que possas, a fim de reabilitares na solidão a pequena vaidade com a tua imensa ambição.

A crítica oca, feita por meia dúzia de paspalhões atacados da peste do intelectualismo, proclamou em todos os diapasões as Excelências que não existem no teu livro. Os desalmados, na lavra do exagero, não procuraram estabelecer premissas, para chegarem a uma dedução mais ou menos razoável, a fim de se ver em que altura devia figurar o teu talento, na escala dos valores!

Nada disso foi feito. E o teu livro, que ninguém lê, porque tem a grande qualidade de não interessar ao mais insignificante habitante desta capital, foi rotulado, por esses criticoides, de esplendido e maravilhoso. Como a sinceridade teve medo do teu dinheiro!

Mudando de tom: não há uma só pessoa, sob o céu da Pauliceia, que se atreva a negar-te talento! E tu, na verdade, não és um homem de talento. És, quando muito, um homem futilmente brilhante; e com esse brilhantismo, tiveste a petulância de escrever um livro falso, postiço, que não reflete a grande vida que turbilhona cá fora, amarga e agitada, onde os homens se contorcionam na febre delirante dos interesses e do egoísmo que os impulsiona na ânsia bárbara de se devorarem mutuamente. Longe destes fenômenos foi urdido o teu desalinhavado volume.

Tudo é fantasioso nele. A única verdade que ele projeta é a tua existenciazinha passada entre paredes doiradas e ambientes pacatos, onde o rumor mais sensacional é o de um bocejo distraído.

Falta paixão, tragédia e sofrimento no teu livro.

Escrever um livro é um trabalho fácil, mas criar um livro, como disse Ibsen, é um trabalho difícil.

Ninguém te odeia, ninguém te combate! Rubinstein exclamou um dia: — "Tem-se a medida exata do valor de um literato, contando o número de medíocres que se coligam para o derrubar". Ora, não havendo quem se coligue para te derrubar, quer dizer que tu não existes na esfera das letras...

Conteúdo Extra

Sobre o lançamento do livro Attitudes[11]

Este é o fulgurante mago do estilo cuja pena sensacional ilumina a ouro as colunas da imprensa paulistana, transfundindo-lhe prodigamente o seu sangue juvenil, ardente como lava.

Viu a lua nesta terra, aqui fez os primeiros estudos, aqui teve o seu bocado de vida boêmia.

Depois, um dia, andorinha sôfrega de azul, subiu a Paranapiacaba e caiu com estardalhaço no então estagnado meio literário paulistano.

Na augusta assembleia das venerandas rãs houve um movimento de estupefação e de despeito. Quem seria aquele moço que entrava sem pedir licença, que vencia sem tirar o chapéu, que esbanjava talento como um coronel do interior esbanja dinheiro?

Mas o sonho ainda é uma poderosa força, a inteligência é envolvente como uma teia, a mocidade é dois terços de uma conquista. Ele venceu. Hoje é o mais cintilante dos cronistas urbanos de São Paulo, quiçá do Brasil.

Seu primeiro livro Attitudes, recentemente publicado, foi uma apoteose. Os poucos exemplares

---

11 Jornal "Commercio de Santos", edição de 7 de setembro de 1922.

que ainda se encontram pelas livrarias desaparecem como por um encanto. Isto quer dizer que Sylvio Floreal é um dos que são lidos... Porque a maior parte dos nossos grandes homens não tem leitores! O público admira-os, à distância.

Desejaríamos dar aos leitores algo de Attitudes, um pouco de prosa escolhida de tal maneira que o leitor com um olhar apenas pudesse abranger todo o horizonte intelectual do escritor santista. Impossível. Em cada página desse livro Sylvio Floreal é um novo artista, a esbanjar novas belezas.

"Escritor, jornalista, indigente"[12]

Faleceu em S. Paulo, há poucos dias, o escritor Sylvio Floreal, que era uma bela e esquisita inteligência nascida em Santos.

Aqui adquiriu, desenvolveu e aprimorou a sua cultura, havendo nas colunas das folhas locais publicado os seus primeiros trabalhos literários. O seu temperamento inquieto levou-o para um meio maior, como o da capital, onde lhe parecia mais fácil obter uma notoriedade e uma situação mais brilhante.

É bem possível que durante algum tempo houvesse conseguido ambas. A publicação do seu romance A coragem de amar trouxe-lhe o louvor entusiástico de uns e a crítica acerba de outros. Ulteriores produções literárias, além duma atividade quase diária na imprensa paulistana, tornaram conhecido o nome de Sylvio Floreal, no círculo restrito dos intelectuais dali.

Vítima da despreocupação duma vida boêmia, fiando-se apenas no prestígio pessoal do seu talento, o escritor santista não resolveu o problema econômi-

12 Jornal "Commercio de Santos", edição de 7 de setembro de 1922.

co de sua existência. Apesar de há vários anos encontrar-se na capital, ultimamente residia numa pensão barata, onde a morte o foi surpreender.

Segundo informa um confrade paulistano, numa comovente nota, rodearam-se de circunstâncias tristíssimas os incidentes finais para o enterro de Sylvio Floreal. O cadáver inteiramente despido foi transportado para o necrotério. Uma papeleta de identificação declarava, quase ironicamente - "Escritor, jornalista, indigente".

E nesta qualidade - indigente - desceu à cova, às expensas da polícia, o corpo do romancista, que não há muito ali recebeu a homenagem sincera das coteries literárias! Sem uma coroa, uma flor depositada por mão amiga sobre o caixão de ínfima classe, fez-se o enterro, assistido apenas por três ou quatro admiradores e algumas mulheres sírias.

Não cabe aqui tecer a filosofia amarga, sugerida pela crueldade do fato. O abandono em que, na hora extrema, foi deixado o cadáver de Sylvio Floreal, pelos sedizentes seus amigos, é um sinal melancólico dos tempos correntes, assinalados por um egoísmo incompatível com qualquer exterioração da sensibilidade.

Porém, o que mais se deve deplorar é haver-se permitido se inumasse, como indigente, o representante duma classe que, em todos os países cultos, se considera pertencer à elite mental. Como compreender a conduta da filial paulistana da Associação Brasileira da Imprensa, desinteressando-se das derradeiras homenagens devidas a um dos seus membros?

Alheando-se, com relação ao colega morto, de dar uma prova de caridade cristã, com as cerimônias de que se rodeia o enterramento de qualquer mediocridade, os intelectuais paulistanos, que tanto o elogiaram em vida, tacitamente concorreram para o desprestígio que em nosso país vai envolvendo a classe inteira.

Como se poderá falar em solidariedade e união dos que vivem do trabalho da inteligência, no Brasil, quando se deixa resvalar para a cova rasa dos indigentes um companheiro desaparecido em plena atividade mental?

Folha da Noite[13]

Nesta macia manhã, tão leve e tão dourada, é que nos entra a alma como um canto luminoso e doce; nesta hora clara da primavera em flor, subitamente, uma grande nuvem negra põe uma nota de tristeza e luto na límpida alegria que veste a terra e faz mais perto o céu.

Leio que Sylvio Floreal, que eu conheci na Paulicéia um rebelde idealista, morreu há dias. Nada mais natural do que a morte - a única coisa que temos de nosso, como afirmou o gênio shakespeariano.

A morte pode ser bela na sua própria expressão dolorosa. Mas é duplamente acerba quando se reveste do feitio de miséria trágica. Foi o que aconteceu com Sylvio Floreal. Com direito a um adeus comovido dos seus amigos, ele teve, como derradeiro elogio, a frase da proprietária da pensão, onde um único fiel da religião da saudade e do afeto foi saber dele: "Não sei da vida desse homem. Como me devesse dinheiro vivia a fugir de mim..."

Depois de várias pesquisas, o único amigo do escritor morto, diz a notícia que tenho diante dos olhos,

---

13 Hildebrando Galvão para Folha da Noite, 26 de setembro de 1928

foi, afinal, encontrá-lo no necrotério, nu, dentro de um rabecão. Nu, como veio, nu se iria o desventurado intelectual, se esse amigo não se apiedasse daquele que não mais lhe podia agradecer o favor recebido.

E foi assim que, vencendo dificuldades, esse amigo conseguiu arranjar-lhe um enterro de primeira classe, dizendo-lhe palavras de despedida o poeta Carlos Cavaco, à beira do túmulo, onde ele vai "dormir... sonhar... talvez..."

Não há, no Brasil, profissão mais ingrata do que a do escritor. Forçado, pelas aperturas da vida, a se desdobrar em burocrata ou industrial, de indústria de campo limitado, nunca poderá ser unicamente escritor. E se teima em querer sê-lo, come, durante a vida, o pão que o diabo amassou, e, depois de morto, ainda faz jus a um epitáfio de devedor relapso, como aquele com que honrou a memória do malogrado Sylvio Floreal a proprietária da pensão em que ele padeceu os seus derradeiros dias de miséria e de desilusões...

O homem que comprou dinheiro empacotado

Um conto de Sylvio Floreal.

Numa tarde de temperatura que convida a ver montras de lojas e relojoarias, caminha pacatamente pela calçada ensombrada das ruas das imediações da Estação da Luz um homem nem alto nem baixo, nem gordo nem magro.

O drama da vida que o circunda não recebe apurados favores da sua atenção.

E o vulto lá vai, ora gingando sobre as pernas, ora deslizando rijo, ora preguiçoso ao léu da sinfonia bárbara da luta pela existência que redemoinha pelas ruas.

Tudo o encanta, porém, pouca coisa o sugestiona.

Visto de longe, o vulto é um indivíduo qualquer: examinado de perto, o fulano em questão é o senhor Tibúrcio Malacacheta, proprietário de uma pequena roça na Mogiana, onde, há trinta anos, devorado pelo trabalho, conseguiu, com o concurso da esposa e dois filhos chucros, formar um pequeno cafezal.

Há quinze anos que está para vir à capital e, há quinze anos que Tibúrcio faz prodígios de economias a fim de pôr em prática a viagem tão longamente planejada.

Por fim veio à São Paulo, trazendo cinco contos de réis dentro de um lenção vermelho, que ele guarda no bolso de dentro do paletó, cuja saliência afaga continuamente no lado onde lhe bate o coração.

Voltemos à tarde em que o surpreendemos nas adjacências da Estação da Luz.

Tibúrcio caminha ingenuamente, enquanto que dois tipos bem apessoados, matreiros, acostumados a dissimular intenções pouco honestas, o seguem em passinhos calculados.

Logo adiante, surge, como que de imprevisto, a fatalidade, uma vitrina de joias baratas onde as pedras de várias cores e tamanhos, de cambulhada com vários metais, brilham mentirosamente, procurando esconder a sua falsidade, segundo o desejo dos proprietários da vitrina.

Até parece que a malfadada montra é uma teia de aranha.

Tibúrcio, querendo satisfazer um velho desejo de adquirir um presente para a sua consorte, aproxima-se e, olhando demoradamente, fica pespegado como uma mosca nas ofuscações das pedrarias.

É o momento do ataque.

Os tipos, que a pouca distância vinham esbulhando mentalmente o pequeno fazendeiro, aproximam-se e param.

Um é nutrido, o outro... pode ser até mesmo desnutrido.

E sem perda de tempo começam a desfiar para os ouvidos do nosso Tibúrcio uma lenga-lenga comovedora e sentimental.

O fazendeiro, acostumado a lidar com bois que passam por ser os animais mais pacientes que há, deixou-se ficar e pacientemente devorara com os ouvidos tudo quanto os dois desconhecidos lhe diziam.

O nutrido, escanhoado, metido num terno muito melhor do que a sua estofa moral, procurara consolar o companheiro que mui tristemente conta a história tristíssima de um sujeito muito rico que querendo legar certa quantia à Santa Casa o incumbira, no momento de morrer de levar essa instituição de caridade a quantia de dez contos de réis.

Porém, ele, que merecera a confiança do amigo morto, por um dever de consciência, achava que devia entregar esse dinheiro à Santa Casa e, meditando sobre o fato, chegou à conclusão de que a Santa Casa, sendo uma instituição rica, tanto pode prestar benefícios com dez contos a mais como com dez contos a menos.

Mas a consciência é um caso sério e ele não querendo curtir um remorso por todo o resto da sua vida andava justamente à procura de alguém que, recebendo o pacote de dez contos de réis, fosse leva-lo ao seu destino, ou mesmo que não fosse; queria ele ficar com a sua consciência limpa mas também aspirava um lucrozinho na transação, dizendo que daria o dito pacote a quem lhe entregasse uma quantia qualquer, por exemplo, cinco contos de réis.

Tibúrcio, sem pestanejar, apalpou o lenção vermelho que amortalhava os cinco contos e , olhando para o tipo nutrido e para o desnutrido, esboçou um sorriso, que tinha todas as intenções de ser um sorriso alegre.

O bote estava, assim, quase no seu epílogo.

Os dois sujeitos, maneirosos com a voz suave, proferindo tristezas persuasivas, sobre coisas graves que dizem respeito ao sentimento e à consciência, ao cabo de uns minutos a mais de lamúrias puxadas à sustância acabaram por convencer Tiburcio de que ele era justamente o homem enviado pela Providência Divina, a fim de cumprir o sagrado desejo daquele que jazia no cemitério, tendo legado dez contos de réis à Santa Casa de S. Paulo.

Tiburcio não podia mais! Arquejava, exausto sob o peso de tantas coisas tristes contadas com o firme propósito de tornar a tristeza o mais triste possível.

Foi um banho de duchas de lamúrias que amoleceu completamente o pobre Tiburcio.

Depois, houve o seguinte: com a boca mole e os olhos tão marejados como os olhos dos outros dois tipos, o fazendeirinho, na ânsia de escapulir com os dez contos, entregou a trouxinha de cinco contos embrulhados num lenção vermelho, recebendo o pacote de dez contos, despedindo-se rapidamente e indo cada qual para o seu lado.

Tiburcio correndo mais do que aquele desgraçado que ia tirar o pai da forca, com o pacote colado debaixo do braço, varou as ruas, dobrou esquinas, passou em tudo e por tudo como uma flecha, esbarrando, empurrando, atropelando, com tanta sorte que durante todo o trajeto não conseguiu encontrar nenhum Ford que o fizesse parar.

Por fim, numa rua solitária, debaixo de uma árvore, Tiburcio parou.

O pacote, que continha a sua felicidade, o seu sonho, rolava-lhe nas mãos, acariciado por seus olhos que ardiam de contentamento. E pela sua imaginação perpassou de esfuziada um cortejo de coisas belas e agradáveis. E o contentamento foi adiante, até confundir-se nos horizontes de todos os seus desejos realizados. Tiburcio, deslumbrado numa onde de magnetismo, boiava em pleno sonho. E o êxtase, tendo-o arrebatado, produzira-lhe uma transfiguração tão violenta que ele tinha a sensação de que estava virado a avesso e do avesso assistia a vida gritar em torno de si numa sarabanda interminável, furta-cor, em que a realidade se esfumava em miragens longínquas cambiantes. Mas a realidade com seu turbilhão de castigos ainda acudiu a tempo, porque senão Tiburcio, dominado por excesso de sonhos, poderia perder a razão. Porém, a razão, como é grande aliada da realidade, salvou o nosso homem justamente no instante febril em que ele desatou o barbante que amarrava todo o pacote. O pacote abriu-se, mostrando aos olhos do fazendeiro toda a sinceridade da sua mentira, toda a dissimulação do seu embuste. Dinheiro! Havia uma nova nota, de uma quantia insignificante, dobrada astuciosamente, que mostrava na superfície do pacote vários bicos.

Tiburcio, perdendo a noção da realidade mais ainda do que antes quando mergulhara na região do sonho, quis gritar, provocar escândalo, quis até mesmo esmagar o crânio contra a parede. Lutou alguns minutos contra a matilha da raiva que o invadira, deixando-o possesso: por fim, conseguindo dominar a raiva e, levando consigo os despojos do pacote ladrão, foi dar parte à polícia. E a polícia foi tão boa que nem o quis encarcerar porque, em última análise, Tiburcio era o verdadeiro ladrão; ladrão por ter querido comprar com cinco contos de réis a quantia de dez, com o agravante de que pertenciam a uma instituição de caridade. E Tiburcio, voltando para a sua fazendola, naturalmente jurou, com todas as forças da sua fé, que nunca mais na vida se deixaria levar pela tentação de comprar dinheiro empacotado.

Este é o conto do vigário banal que todos os dias deparamos na crônica policial da segunda página dos jornais. Entretanto, a vida está crivada de contos de vigários que não vão parar na polícia, nem na coluna dos jornais...

Este livro foi composto em Libre Baskerville e impresso no Brasil por UmLivro, para a Editora Tacet Books.

Houve dois homens com Alexandre no nome ligados à cultura marginal de sua época e à cidade de Santos-SP. Um deles escreveu em 1928 um conto sobre um homem simples que caiu em um golpe financeiro - ele termina assim: “(...) a vida está crivada de contos de vigários que não vão parar na polícia, nem na coluna dos jornais...”. Em 2004 o outro homem cantou uma canção que começava assim “Eu nasci pobre mas não nasci otário / eu é que não caio no conto do vigário”. Separados por 85 anos e cerca de 8 quilômetros, ambos morreram sozinhos no local onde viviam, em São Paulo.

Este livro é dedicado a todos os artistas marginais que estão aí na atividade.

São Paulo-SP. Abril, 2023.

9 786589 575535

Printed at Repro India Ltd.